Hänsel und Grethel

BRÜDER GRIMM

Vor einem großen Walde wohnte ein armer Holzhacker mit seiner Frau und seinen zwei Kindern; das Bübchen hieß Hänsel und das Mädchen Grethel. Er hatte wenig zu beißen und zu brechen, und einmal, als große Theuerung ins Land kam, konnte er auch das täglich Brot nicht mehr schaffen. Wie er sich nun Abends im Bett Gedanken machte und sich vor Sorgen herum wälzte, seufzte er und sprach zu seiner Frau 'was soll aus uns werden? wie können wir unsere armen Kinder ernähren, da wir für uns selbst nichts mehr haben?' 'Weißt du was, Mann,' antwortete die Frau, 'wir wollen Morgen in aller Frühe die Kinder hinaus in den Wald führen, wo er am dicksten ist: da machen wir ihnen ein Feuer an und geben jedem noch ein Stückchen Brot, dann gehen wir an unsere Arbeit und lassen sie allein. Sie finden den Weg nicht wieder nach Haus und wir sind sie los.' 'Nein, Frau,' sagte der Mann, 'das thue ich nicht; wie sollt ichs übers Herz bringen meine Kinder im Walde allein zu lassen, die wilden Thiere würden bald kommen und sie zerreißen.' 'O du Narr,' sagte sie, 'dann müssen wir alle viere Hungers sterben, du kannst nur die Bretter für die Särge hobelen,' und ließ ihm keine Ruhe bis er einwilligte. 'Aber die armen Kinder dauern mich doch' sagte der Mann.

Die zwei Kinder hatten vor Hunger auch nicht einschlafen können und hatten gehört was die Stiefmutter zum Vater gesagt hatte. Grethel weinte bittere Thränen und sprach zu Hansel 'nun ists um uns geschehen.' 'Still, Grethel,' sprach Hänsel, 'gräme dich nicht, ich will uns schon helfen.' Und als die Alten eingeschlafen waren, stand er auf, zog sein Röcklein an, machte die Unterthüre auf und schlich sich hinaus. Da schien der Mond ganz helle, und die weißen Kieselsteine, die vor dem Haus lagen, glänzten wie lauter Batzen. Hänsel bückte sich und steckte so viel in sein Rocktäschlein, als nur hinein wollten. Dann gieng er wieder zurück, sprach zu Grethel 'sei getrost, liebes Schwesterchen und schlaf nur ruhig ein, Gott wird uns nicht verlassen,' und legte sich wieder in sein Bett.

Als der Tag anbrach, noch ehe die Sonne aufgegangen war, kam schon die Frau und weckte die beiden Kinder, 'steht auf, ihr Faullenzer, wir wollen in den Wald gehen und Holz holen.' Dann gab sie jedem ein Stückchen Brot und sprach 'da habt ihr etwas für den Mittag, aber eßts nicht vorher auf, weiter kriegt ihr nichts.' Grethel nahm das Brot unter die Schürze, weil Hänsel die Steine in der Tasche hatte. Danach machten sie sich alle zusammen auf den Weg nach dem Wald. Als sie ein Weilchen gegangen waren, stand Hänsel still und guckte nach dem Haus zurück und that das wieder und immer wieder. Der Vater sprach 'Hänsel, was guckst du da und bleibst zurück, hab Acht und vergiß deine Beine nicht.' 'Ach, Vater,' sagte Hänsel, 'ich sehe nach meinem weißen Kätzchen, das sitzt oben auf dem Dach und will mir Ade sagen.' Die Frau sprach 'Narr, das ist dein Kätzchen nicht, das ist die Morgensonne, die auf den Schornstein scheint.' Hänsel aber hatte nicht nach dem Kätzchen gesehen, sondern immer einen von den blanken Kieselsteinen aus seiner Tasche auf den Weg geworfen.

Als sie mitten in den Wald gekommen waren, sprach der Vater 'nun sammelt Holz, ihr Kinder, ich will ein Feuer anmachen, damit ihr nicht friert. Hänsel und Grethel trugen Reisig zusammen, einen kleinen Berg hoch. Das Reisig ward angezündet, und als die Flamme recht hoch brannte, sagte die Frau 'nun legt euch ans Feuer, ihr Kinder und ruht euch aus, wir gehen in den Wald und hauen Holz. Wenn wir fertig sind, kommen wir wieder und holen euch ab.' Hänsel und Grethel saßen am Feuer, und als der Mittag kam, aß jedes sein Stücklein Brot. Und weil sie die Schläge der

Holzaxt, hörten, so glaubten sie ihr Vater wäre in der Nähe. Es war aber nicht die Holzaxt, es war ein Ast, den er an einen dürren Baum gebunden hatte und den der Wind hin und her schlug. Und als sie so lange gesessen hatten, fielen ihnen die Augen vor Müdigkeit zu, und sie schliefen fest ein. Als sie endlich erwachten, war es schon finstere Nacht. Grethel fieng an zu weinen und sprach 'wie sollen wir nun aus dem Wald kommen!' Hänsel aber tröstete sie, 'wart nur ein Weilchen, bis der Mond aufgegangen ist, dann wollen wir den Weg schon finden.' Und als der volle Mond aufgestiegen war, so nahm Hänsel sein Schwesterchen an der Hand und gieng den Kieselsteinen nach, die schimmerten wie neu geschlagene Batzen und zeigten ihnen den Weg. Sie giengen die ganze Nacht hindurch und kamen bei anbrechendem Tag wieder zu ihres Vaters Haus. Sie klopften an die Thür, und als die Frau aufmachte und sah daß es Hänsel und Grethel war, sprach sie 'ihr bösen Kinder, was habt ihr so lange im Walde geschlafen, wir haben geglaubt ihr wolltet gar nicht wieder kommen.' Der Vater aber freute sich, denn es war ihm zu Herzen gegangen daß er sie so allein zurück gelassen hatte.

Nicht lange danach war wieder Noth in allen Ecken, und die Kinder hörten wie die Mutter Nachts im Bette zu dem Vater sprach 'alles ist wieder aufgezehrt, wir haben noch einen halben Laib Brot, hernach hat das Lied ein Ende. Die Kinder müssen fort, wir wollen sie tiefer in den Wald hineinführen, damit sie den Weg nicht wieder heraus finden; es ist sonst keine Rettung für uns.' Dem Mann fiels schwer aufs Herz und er dachte 'es wäre besser, daß du den letzten Bissen mit deinen Kindern theiltest.' Aber die Frau hörte auf nichts, was er sagte, schalt ihn und machte ihm Vorwürfe. Wer A sagt muß auch B sagen, und weil er das erste Mal nachgegeben hatte, so mußte er es auch zum zweiten Mal.

Die Kinder waren aber noch wach gewesen und hatten das Gespräch mit angehört. Als die Alten schliefen, stand Hänsel wieder auf, wollte hinaus und Kieselsteine auflesen, wie das vorigemal, aber die Frau hatte die Thür verschlossen, und Hänsel konnte nicht heraus. Aber er tröstete sein Schwesterchen und sprach 'weine nicht, Grethel, und schlaf nur ruhig, der liebe Gott wird uns schon helfen.' Am frühen Morgen kam die Frau und holte die Kinder aus dem Bette. Sie erhielten ihr Stückchen Brot, das war aber noch kleiner als das vorigemal. Auf dem Wege nach dem Wald bröckelte es Hänsel in der Tasche, stand oft still und warf ein Bröcklein auf die Erde. 'Hänsel, was stehst du und guckst dich um,' sagte der Vater, 'geh deiner Wege.' 'Ich sehe nach meinem Täubchen, das sitzt auf dem Dache und will mir Ade sagen,' antwortete Hänsel. 'Narr,' sagte die Frau, 'das ist dein Täubchen nicht, das ist die Morgensonne, die auf den Schornstein oben scheint.' Hänsel aber warf nach und nach alle Bröcklein auf den Weg.

Die Frau führte die Kinder noch tiefer in den Wald, wo sie ihr Lebtag noch nicht gewesen waren. Da ward wieder ein großes Feuer angemacht, und die Mutter sagte 'bleibt nur da sitzen, ihr Kinder, und wenn ihr müde seid, könnt ihr ein wenig schlafen: wir gehen in den Wald und hauen Holz, und Abends, wenn wir fertig sind, kommen wir und holen euch ab.' Als es Mittag war, theilte Grethel ihr Brot mit Hänsel, der sein Stück auf den Weg gestreut hatte. Dann schliefen sie ein, und der Abend vergieng, aber niemand kam zu den armen Kindern. Sie erwachten erst in der finstern Nacht, und Hänsel tröstete sein Schwesterchen und sagte, 'wart nur, Grethel, bis der Mond aufgeht, dann werden wir die Brotbröcklein sehen, die ich ausgestreut habe, die zeigen uns den Weg nach Haus.' Als der Mond kam, machten

sie sich auf, aber sie fanden kein Bröcklein mehr, denn die viel tausend Vögel, die im Walde und im Felde umher fliegen, die hatten sie weggepickt. Hänsel sagte zu Grethel 'wir werden den Weg schon finden,' aber sie fanden ihn nicht. Sie giengen die ganze Nacht und noch einen Tag von Morgen bis Abend, aber sie kamen aus dem Wald nicht heraus, und waren so hungrig, denn sie hatten nichts als die paar Beeren, die auf der Erde standen. Und weil sie so müde waren daß die Beine sie nicht mehr tragen wollten, so legten sie sich unter einen Baum und schliefen ein.
Nun wars schon der dritte Morgen, daß sie ihres Vaters Haus verlassen hatten. Sie fiengen wieder an zu gehen, aber sie geriethen immer tiefer in den Wald und wenn nicht bald Hilfe kam, so mußten sie verschmachten. Als es Mittag war, sahen sie ein schönes schneeweißes Vöglein auf einem Ast sitzen, das sang so schön, daß sie stehen blieben und ihm zuhörten. Und als es fertig war, schwang es seine Flügel und flog vor ihnen her, und sie giengen ihm nach, bis sie zu einem Häuschen gelangten, auf dessen Dach es sich setzte, und als sie ganz nah heran kamen, so sahen sie daß das Häuslein aus Brot gebaut war, und mit Kuchen gedeckt; aber die Fenster waren von hellem Zucker. 'Da wollen wir uns dran machen,' sprach Hänsel, 'und eine gesegnete Mahlzeit halten. Ich will ein Stück vom Dach essen, Grethel, du kannst vom Fenster essen, das schmeckt süß.' Hansel reichte in die Höhe und brach sich ein wenig vom Dach ab, um zu versuchen wie es schmeckte, und Grethel stellte sich an die Scheiben und knuperte daran. Da rief eine feine Stimme aus der Stube heraus

    'knuper, knuper, kneischen,
    wer knupert an meinem Häuschen?'

die Kinder antworteten

    'der Wind, der Wind,
    das himmlische Kind,'

und aßen weiter, ohne sich irre machen zu lassen. Hänsel, dem das Dach sehr gut schmeckte, riß sich ein großes Stück davon herunter, und Grethel stieß eine ganze runde Fensterscheibe heraus, setzte sich nieder, und that sich wohl damit. Da gieng auf einmal die Thüre aus, und eine steinalte Frau, die sich auf eine Krücke stützte, kam heraus geschlichen. Hänsel und Grethel erschraken so gewaltig, daß sie fallen ließen was sie in den Händen hielten. Die Alte aber wackelte mit dem Kopfe und sprach 'ei, ihr lieben Kinder, wer hat euch hierher gebracht? kommt nur herein und bleibt bei mir, es geschieht euch kein Leid.' Sie faßte beide an der Hand und führte sie in ihr Häuschen. Da ward gutes Essen aufgetragen, Milch und Pfannekuchen mit Zucker, Äpfel und Nüsse. Hernach wurden zwei schöne Bettlein weiß gedeckt, und Hänsel und Grethel legten sich hinein und meinten sie wären im Himmel.

Die Alte hatte sich nur so freundlich angestellt, sie war aber eine böse Hexe, die den Kindern auflauerte, und hatte das Brothäuslein bloß gebaut, um sie herbeizulocken. Wenn eins in ihre Gewalt kam, so machte sie es todt, kochte es und aß es, und das war ihr ein Festtag. Die Hexen haben rothe Augen und können nicht weit sehen, aber sie haben eine feine Witterung, wie die Thiere, und merkens wenn Menschen heran kommen. Als Hänsel und Grethel in ihre Nähe kamen, da lachte sie boshaft und sprach höhnisch 'die habe ich, die sollen mir nicht wieder entwischen.' Früh Morgens, ehe die Kinder erwacht waren, stand sie schon auf, und als sie beide so lieblich ruhen sah, mit den vollen rothen Backen, so murmelte sie vor sich hin 'das wird ein guter Bissen werden.' Da packte sie Hänsel mit ihrer dürren Hand und trug ihn in einen kleinen Stall und sperrte ihn mit einer Gitterthüre ein; er mochte schreien wie er wollte, es half ihm nichts. Dann gieng sie zur Grethel, rüttelte sie wach und rief 'steh auf, Faullenzerin, trag Wasser und koch deinem Bruder etwas gutes, der sitzt draußen im Stall und soll fett werden. Wenn er fett ist, so will ich ihn essen.' Grethel fieng an bitterlich zu weinen, aber es war alles vergeblich, sie mußte thun was die böse Hexe verlangte.

Nun ward dem armen Hänsel das beste Essen gekocht, aber Grethel bekam nichts als Krebsschalen. Jeden Morgen schlich die Alte zu dem Ställchen und rief 'Hänsel, streck deine Finger heraus, damit ich fühle ob du bald fett bist.' Hänsel streckte ihr aber ein Knöchlein heraus, und die Alte, die trübe Augen hatte, konnte es nicht sehen, und meinte es wären Hänsels Finger, und verwunderte sich daß er gar nicht fett werden wollte. Als vier Wochen herum waren und Hänsel immer mager blieb, da übernahm sie die Ungeduld, und sie wollte nicht länger warten. 'Heda, Grethel,' rief sie dem Mädchen zu, 'sei flink und trag Wasser: Hänsel mag fett oder mager sein, morgen will ich ihn schlachten und kochen.' Ach, wie jammerte das arme Schwesterchen, als es das Wasser tragen mußte, und wie flossen ihm die Thränen über die Backen herunter! 'Lieber Gott, hilf uns doch,' rief sie aus, 'hätten uns nur die wilden Thiere im Wald gefressen, so wären wir doch zusammen gestorben.' 'Spar nur dein Geblärre,' sagte die Alte, 'es hilft dir alles nichts.'

Früh Morgens mußte Grethel heraus, den Kessel mit Wasser aufhängen und Feuer anzünden. 'Erst wollen wir backen' sagte die Alte, 'ich habe den Backofen schon eingeheizt und den Teig geknätet.' Sie stieß das arme Grethel hinaus zu dem Backofen, aus dem die Feuerflammen schon heraus schlugen. 'Kriech hinein,' sagte die Hexe, 'und sieh zu ob recht eingeheizt ist, damit wir das Brot hineinschießen können.' Und wenn Grethel darin war, wollte sie den Ofen zumachen, und Grethel sollte darin braten, und dann wollte sies auch aufessen. Aber Grethel merkte was sie im Sinn hatte und sprach 'ich weiß nicht wie ichs machen soll; wie komm ich da hinein?' 'Dumme Gans,' sagte die Alte, 'die Öffnung ist groß genug, siehst du wohl, ich könnte selbst hinein,' trappelte heran und steckte den Kopf in den Backofen. Da gab ihr Grethel einen Stoß daß sie weit hinein fuhr, machte die eiserne Thür zu und schob den Riegel vor. Hu! da fieng sie an zu heulen, ganz grauselich; aber Grethel lief fort, und die gottlose Hexe mußte elendiglich verbrennen.

Grethel aber lief schnurstracks zum Hänsel, öffnete sein Ställchen und rief 'Hänsel, wir sind erlöst, die alte Hexe ist todt.' Da sprang Hänsel heraus, wie ein Vogel aus dem Käfig, wenn ihm die Thüre aufgemacht wird. Wie haben sie sich gefreut, sind sich um den Hals gefallen, sind herumgesprungen und haben sich geküßt! Und weil sie sich nicht mehr zu fürchten brauchten, so giengen sie in das Haus der Hexe hinein, da standen in allen Ecken Kasten mit Perlen und Edelsteinen. 'Die sind noch besser als Kieselsteine' sagte Hänsel und steckte in seine Taschen was hinein wollte, und Grethel sagte 'ich will auch etwas mit nach Haus bringen' und füllte sich sein Schürzchen voll. 'Aber jetzt wollen wir fort,' sagte Hänsel, 'damit wir aus dem Hexenwald herauskommen.' Als sie aber ein paar Stunden gegangen waren, gelangten sie an ein großes Wasser. Wir können nicht hinüber,' sprach Hänsel, 'ich sehe keinen Steg und keine Brücke.' 'Hier fährt auch kein Schiffchen,' antwortete Grethel, 'aber da schwimmt eine weiße Ente, wenn ich die bitte, so hilft sie uns hinüber.' Da rief sie

     'Entchen, Entchen, da steht Grethel und Hänsel.
  Kein Steg und keine Brücke,
   nimm uns auf deinen weißen Rücken.'

Das Entchen kam auch heran, und Hänsel setzte sich auf und bat sein Schwesterchen sich zu ihm zu setzen. Nein,' antwortete Grethel, 'es wird dem Entchen zu schwer, es soll uns nach einander hinüber bringen.' Das that das gute Thierchen, und als sie glücklich drüben waren und ein Weilchen fortgiengen, da kam ihnen der Wald immer bekannter und immer bekannter vor, und endlich erblickten sie von weitem ihres Vaters Haus. Da fiengen sie an zu laufen, stürzten in die Stube hinein und fielen ihrem Vater um den Hals. Der Mann hatte keine frohe Stunde gehabt, seitdem er die Kinder im Walde gelassen hatte, die Frau aber war gestorben. Grethel schüttete sein Schürzchen aus daß die Perlen und Edelsteine in der Stube herumsprangen, und Hänsel warf eine Handvoll nach der andern aus seiner Tasche dazu. Da hatten alle Sorgen ein Ende, und sie lebten in lauter Freude zusammen. Mein Märchen ist aus, dort läuft eine Maus, wer sie fängt, darf sich eine große große Pelzkappe daraus machen.

ENDE